그렇다고 어머니를

소파에 앉혀 놓을 수는 없잖아요

손한옥 시집

그렇다고 어머니를 소파에 앉혀 놓을 수는 없잖아요

달아실 시선
11

달아실

일러두기

본문에서 하단의 < 는 '단락 공백 기호'로, 다음 쪽에서 한 연이 새로 시작한다는 표시이다.

시인의 말

책장 넘기는 소음에 길들여진 내 귀는 멸치 물고 가는 개미 발자국 소리까지 들을 수 있고 내 눈은 돋보기 도수 두 점 더 올렸다.

2018년 겨울

손한옥

차례

그렇다고 어머니를 소파에 앉혀 놓을 수는 없잖아요

3부

4부

1부

만두를 먹다가

대책 없이 속이 터지는 건 순전히 껍질을 만든 손 탓이지 만두 탓인가

어디 만두뿐인가 옹졸한 속알 보이지 않고 꾹꾹 잘 눌러져 단단하게 여며지고 싶지

60여 년 잘 다독이며 살다 가신

울 엄니 아버지 사랑법처럼 말이지

하기사 울 아버지 외동손에 아들 다섯 딸 셋 키우시는 엄마가 고맙고 생감스러워 무얼 마다하셨을까 사랑은 이런 거다 보여주며 사신 아버지 사랑법 바라보며 내 사랑도 그리 살뜰히 살겠다 맘먹고 맘먹었지

간갈치 한 꾸러미 사들고 너울너울 흰 두루막 물결처럼 펄럭이며 다죽강 건너는 길

자갈도 뜨거운 땅에서 뽑은 피리꽃

쪼대흙 한 줌으로 뭉쳐 들고 오셔서 엄마에게 드리던 너털웃음

단 한 번도 속 터지지 않는 그런 사랑

그리 보고 배웠는데 쌈닭 나는 닭이 되고 말았다

할퀴어야 살고 쪼아야 먹고 살지만
새도 아닌 시원찮은 날개로
닭 벼슬도 벼슬이라고 부리 위에 생뚱맞아
차라리 붉디붉은 맨드라미나 되지
불안정한 발걸음 뒤뚱이는 폼새라니
쌈도 쌈 같지 않아 용맹도 없고
앞도 뒤도 없이 뒤숭숭 질정 없어
지상가상 분별없어
구업만 쌓아가는 쌈닭 그래도 자칭 영웅이다

안 보이면 서로 앞뜰 뒷뜰 들쑤시고
보이면 너 오늘 잘 만났다 전전생부터 웬수인 듯 퍼덕거리는 날개
불붙은 관솔이다

오늘 먹는 만두
먹는 것마다 사정없이 터지고
여전히 나는
만두 탓이 아니다 아니다 말하고,

사리

— 우리 어머니는 사후에 사리가 나올 겁니다

이 말에 그 시어머니 사람 잡는 칭찬에 걸려들고 말아
돌아보고 또 돌아보며 옷깃을 여미기도 하고
살금살금 걷기도 하고 푹푹 내지르던 목소리도 는개처럼 낮추고
아무리 돌아봐도 지난 행색 부끄럽기도 하여 밥 먹을 때 수저마저 살살 놓는다

평상심에 소처럼 묵묵한 기축생 이 아이의 말이 허언이 아니고 참이라면
참말로 시에미 몸에서 사리가 나온다면
아마도 그 투명한 사리 속 아니 不자
자자손손 읽으라는 경전으로 새겨졌을 것이다
군데군데 한결같지 못한 아니 不자와
사랑하는 것만 사랑했지
미워하는 것까지는 사랑하지 못한 아니 不자와
생각 그 자리마다 여의지 못한
찰나찰나 따라다니던

아상 인상 수자상 상바가지로
목련존자 어머니 아니 不자로
부서진 조각바다 화두로 새겨졌을 듯
조개도 보주가 나오고
뱀도 명월주가 나오는데
언감생심,

아마도 부처 눈에 부처만 보이는 그대
원성과 견성과 제련의 심우도를 보여주는
그 심안의 투사가 사리일 것이다

어머니의 축원은 영험 있었다

"니 닮은 딸 하나 낳아야 에미 속을 알지"

얼마나 간절했던지
살아생전에 이룩하지 못하자 하늘에 오르셨어도 그 축원 놓지 않아
아들만 낳은 딸에게 결국 조손을 통하여 그 분신을 얻게 하시었다
영남루 기둥만 한 다리로
날씨가 좋으면 날이 좋아서
철기 날개 같은 치마 입고 들로 산으로
비 내리면 비 와서 더욱 좋아
고운 우산 쓰고 장화 신고
비 방울 방울 맺힌 풀잎 꽃잎에 녹아들고
허물소리 훈계소리 거슬리면
논리 중 상 논리로 따져 어른이나 아이나 하늘 대왕구도 못 갋는 근성으로
해마다 담을 넘는 어머니 축원
한으로 남았으니
<

축원했던 그 딸
혼자서 깨우치신 언문에 절하고 감복한다
뼛속까지 시의 보고 너울너울 넘치고 구구절절 말의 재남 조선 팔도 이야기와 야담들
어머니 버전으로 뼈 붙이고 살 붙여서 보감 같은 어머니 어록들 날마다 섭수되어
내 시 종자에 싹트는 시인이셨어라 귀재셨어라

경인년 구월
백호 배고파 먹이 찾아 나가는 시간
피도 뜨거운 아이가 태어났다
성정도 감성도 기막히게 닮아
나 닮아서 이뻐고
나 닮아서 미워
내가 어렸을 적
백일장마다 한 번에 다섯 개씩 써서 아이들에게 주었는데
이 아이 한 번에 다섯 개씩 시를 만든다
보는 것마다 시가 되어
깜짝깜짝 놀랜다
<

인간을 인간으로 바라보는,
더러움과 얼룩을 외면하지 않는,
노인의 굽은 등을 통증의 내 등으로 바라보는,
크레용 같은 노랑 참외를 자르지 않고 주고 싶은,
싸리나무처럼 여윈 큰오빠의 팔이 백척간두로 보이던,
어둡고 차가운 밤
언 얼굴로 들어오는 에미를 볼 때마다

아리고 슬픈 세상의 곡비되자
강생아 우리 강생아
나 닮아도 좋은 거다
할미만 따라가자
이만하면 고마운 거다
우리도 축원하러 가자
세상의 곡비 되자

착각

푸른 보리밭을 휘감는 바람과
양달 뜰에 내린 무서리 같은 종이 한 장만 있어도
이따리목 푸른 강 다슬기 꼬불거리는 강불만 보아도
내복을 똘똘 말아 넣고
언니의 살색 스타킹을 신고
얇은 봄 치마만 입어도 행복한 줄 알았다

시래기국과
세갈치 꼬랑대기만 먹어도
행복한 줄 알았다

신나무실 코롱 공장
90퍼센트 세일장만 찾아가도 행복한 줄 알았다

가여워라
지천으로 널린 명품들
나는 왜 언제나
저 포도는 시다고만 여겼을까

자명종과 태연한 시간

자명종 그치지 않는 아침
아침잠 짙은 아이는 머리까지 이불을 더 끌어당기는 태연한 시간
저 소리가 들린 뒤 적어도 세 번의 기회는 주어진다
일어나라 일어나라 일어나라
세 단계를 지낸 후 월담하는 목소리
세상의 아침은 비폭력의 채근을 허용하고 있다

눈 감고 밥 먹어도
다디단 목소리
엄마의 자명종 소리 높아도
아이 가슴엔 궂은 비 한 방울
맺히지 않는데

한 다리 건너가는 할미 소리
영악한 소리로 남아
한 촌이 천리를 돌아 돌아
억하로 쌓이는 아이 앞
할미는 슬프다
<

아이 아비의 에미
루소가 에밀을 키우 듯
어린 엄마는 화가 자라는 것을 두려워했고
냉철한 분노가 조절되는
엄마가 되어가는 동안
아이는 엄마를 알아차리며 자라주었다

사랑은 그렇게 날마다 자명으로 울린다
한 길 맹목의 소리로
그 소리 바탕에 누워있는 태연한 시간을 일으키는,

자화상

나는 청개구리였다
노란어리연꽃 위에 빅토리아 연잎 위에
폴짝거리는 초록빛 청개구리
나의 할아버지란다
볼 때마다 경이로운 저 청개구리
내 피붙이 조상의 기막힌 유래를 모범생인 언니를 통하여
수십 년이 지난 오늘 처음 알았다

팔 남매 중 1몬땡이는 돌아가신 작은오빠 별명이고
2몬땡이는 내 별명이었다는데
말 안 듣는 청개구리 능신이니 손톱만 한 개구리라도
촌수는 나의 할아버지가 자명하였으니
그리 깊은 연유를 모르고 자란 가족사의 비화에
청개구리 우리 할아버지,
그늘 깊은 연잎마다 찾아다니시는 삼복이 걱정이다

띵똥

간절한 네 어미가 띵똥 누를 때
탄생해 달란 말 기억하고 온 아이야
동행을 끝내고 쿵쿵 건너온 아이야
늦은 한 살 먹지 말고 첫해에 왕성하게
출발하란 말 명심하고 온 아이야

우리는 지금 먼 데 박달산
고요한 저녁 한때
평화로운 사랑을 기억한다
튜울립꽃 입술 싱긋 올리며 인사 같던
웃음이여

노랑나비 앉는 유채꽃 피기 전에
언 강 녹이는 갯버들 돋기 전에
온유한 봄
겨울 강 바수며 할머니 집으로
네가 먼저 오너라
띵똥띵똥 너를 기다린다

자타불이라고 한 말을 뉘우친다

숨을 쉴 수가 없다
숨 쉴 때마다 청소기 흡입구처럼
뒷좌석에 앉은 내 입으로 들어올 것 같다
머리카락보다 비듬이 많은 사내
버스가 흔들릴 때마다
우수수 검은 양복 위로 떨어진다
여전히 남과 내가 다름으로 숨을 멈추고

치매 요양원에 봉사 간 날처럼
그 노인의 몸에서 떨어지던 비듬
사람의 몸이 겹겹의 비늘로 덮인 것을 처음 알았다

팔과 다리와 얼굴에서
백 킬로그램도 넘는 육신에서
비늘을 다 떨구고야 이승을 떠날 듯
하염없이 떨어지던 흰 가루들
빗자루로 쓸어내며
자원의 봉사를 은행에 적립하기 위하여
나와 남이 다르지 않다고 위무하던
<

위선의 웃음들 뒤에
칭찬이 사람을 잡는다는 것도 처음 알았다

그리 많지 않은 적립으로 내가 필요할 때
찾아올 것도 없던 나는
자타불이심을 함부로 말한
빈약한 내 영혼의 잔고 앞에서 눠우치고 있다

위험한 관계

— 막쇠 막돌

일요일 아침밥 잘 먹고
— 농장에 가보자 오다가 쌈밥 묵자
나는 쌈밥이 젤 좋더라
(열 두번도 더 먹은 쌈밥……)
— 그래요
(농장 갔다)

— 점심 먹을 시간은 빠르네
어디 가지?
— 기형도 문학관 가고 싶은데……
— 에이 그런 곳에 머하로 망해암 가자
(갔다)

(전생에 절 주지였던가 별좌였던가
일주문 앞에 있는 사천왕이였던가
날만 새면 절이 궁금한지
지도에 절 표시된 절마다 찾아
조선 천지 절이란 절 다 간다)
<

(사월 초파일을 앞두고 도량에 걸린 연등이 꽃등처럼 예쁘다)

— 아 예쁘다 여기 서봐요 사진 찍자요

— 안 한다 앞으로 나는 사진 안 찍는다

찍기만 하고 빼지도 않는 사진

찍으면 머하노

(그러면서 섰다)

— 배 고푸다 밥 묵자

— 네 코다리찜 먹으러 가면 안 돼요?

맛있더라요

— 난 동태찜 그런 거 싫어한다

쌈밥 무러 가자

— ……나도 쌈밥 싫다요

— 그럼 집에 가

라면 끓여 묵자

— 아, 난 여기서 내려줘요!

<

(절, 절, 절,
언제나처럼 첫 귀절에 그 사람 올려 절 잘하고
연초록빛 산과 연달래꽃 사진 잘 찍고
승용차 문 부서져라 닫고 나 혼자 버스 탔다)
쿼바디스!

오늘도 그 시작은 창대하고
끝은 미약하여라
짜증난 신 비나 뿌려버리자
(지금 비 온다)

꽃, 꽃, 피고 지고

낮은 덥고 밤은 춥다
벚꽃들
낮에는 방향 없는 바람에
끊임없이 흔들리고
밤에는 지나치게 겸손하다

벚꽃잎 밟으며 들어올
엄마를 기다리는 아이들과
아이들 아빠 눈에 켜진
초롱불 오래 꺼지지 않고

나는
꽃샘바람 여미고
꽃잎 밟고 오는 소리
한 발 떨어져 누워
문 여는 소리에 귀 기울인다

올빼미 같은 아이들
아침이면

호락이 통하지 않는 가속의 토막말 다급해도
조가비만한 얼굴 태산처럼 오래 씻고
눈 감고 밥을 먹고
헤헤거리며 학교로 간다

맞서지 않는 아침 벚꽃은 분별없이 환하고
초딩의 아이들 썰물같이 빠져나간 뒤
캐틀린 페리어의 고별이 협착의 허리를 건너는
비감의 아침

초딩 오빠는 꼬추에 새순 돋고
초딩 동생 찌찌는 찔레꽃 봉오리
산불처럼 번지는 벚꽃같이 아이들은 훨훨 자라는데

목련꽃 하염없이 진다 거룩했던 나는

허술한 눈알

봄 방학 시작 하는 날
두 시간만 하고 온다 했는데
강생이 둘이 돌아오지 않고
놀다 갈게요 전화도 안하고
똑똑 전화도 끊고

독수리 한 마리 예뻐서 채 갔나
미끄러워 험한 길 한발 한발 더디 오나
매서운 칼바람에 산까지 날아갔나
열릴 듯 닫힌 문 앞에서
눈알 빠진다

오래된 날 우리 엄마
동구 앞까지 나와 온종일 기다리다가
살랑살랑 봄바람처럼 걸어오는 나 보고

— 야 이년아 니 오는 길에
니 에미 눈까리 빠진 거 몬반나?

제삿날, 오실까 안 오실까

세상은 21세기
제사에 대한 찬반이 분분하다

시식의 감량 없는 산 사람 파티라고
조상 없는 자손 있나 공경을 다 하라고
폐사하면 조상님이 노하셔서 벌주실까 겁난다고
제수상은 없어도 추모 기도 올리며
온전히 잊는 건 아니라고
먼저 가신 분 기일에 뒤에 가신 분 함께 모시는 합사도 있다 하나
앞에 어른 챙기고 뒤에 계신 어른께 송구해서 못 한다고

일문권속 다 모인 어느 날
고양이 목에 방울을 누가 달 것인가
장자가 말하자니 분명히 아버님 어머님 아니 오신 흔적 맞는데
거룩한 위계의 서열
책임 회피 될까봐 머리만 꺼내놓고 꼬리는 말고 있고
차자가 말하자니 번거로운 속내 보여 불벼락 떨어질까 입

다무는 제삿날
꽃분분 화분분 막걸리만 돈다
아서라
피 한 방울 섞이지 않고도
십수 년 세월을
하늘이 내려준다는 맏며느리 벼슬로
제례 마무리에 각성받이 대표로
어르신께 읍하던 허리
이제는 측은하게 봐주십사 조아릴 터

홍동백서 조율시이 어동육서
십 년 넘게 잘 먹었다며 머리를 쓸거나 군말 말아라 호통을 치시거나
조상님도 이래라 저래라 말 못 하시겠는지
손주가 깎아놓은 알밤 한 톨 안 드시고
반쯤 열린 문으로 두 분 손잡고
소지 올린 연기처럼 나가신다

죽어서도 숨 쉬고 싶은 소원에 대하여

아들아 나는 말이다
내가 죽었을 때 땅에 묻히는 것 싫다
갑갑해서 싫다 숨 막혀서 싫다
불에 태우는 것도 싫다
뜨거워서 싫다 무조건 싫다
수장시키는 것도 싫다
퉁퉁 불어 터지고 한기 들어 싫다
나무 우거진 숲 속 수목장도 싫다
지렁이가 싫다 뱀이 싫다

아. 어머니
그렇다고 어머니를 소파에 앉혀 놓을 수는 없잖아요?

달님과 대면하다

다섯 살 때부터 나는 달님과 친했습니다
그래서 항상 달아달아 하며 맞짱 뜨고 지냈지요
그런데 그런 내가 싫었을까요 언제부턴가 내가 하는 말을 잘 안 들어 주더군요
그래서 올해부터는 맞짱 뜨지 않고 경어를 쓰기로 했답니다

달님께 오래 빌었습니다
예전과 다른 달님
응신하지 않았습니다
재촉했으나 응답하지 않습니다
대답할까 말까 망설이는 듯하는데
너울너울 가리는 물의 그림자
달의 모서리를 자꾸 덮습니다
범람하는 파도 같은 우거진 숲 같은 해찰로 하늘이 검습니다
저런저런 오늘은 정월 대보름인데
달님의 운행을 막다니

언제까지 서있어야 하나요 달님
발이 시려요 두 손이 시려요

하루 종일 배 아파요
옹졸과 나만 아는 원성의 지천으로
웅크린 배 쓸어내려 주세요
모래알같이 많은 서원 다 내려놓고 아픈 배만 빌게요
낼모레 어머니 기일
호문목향 은은한 곳으로 들어오실 어른 염려하시지 않도록
고봉으로 올리는 하얀 메
소담스레 담도록 살펴주시어요

건조한 바람 불고 얼룩지는 보름밤
달님 얼굴 보여주세요
해찰하며 다가오는 구름쯤이야
정월 대보름 오늘 하루만 물렀거라 하시어요
서원 깊은 마음들 오늘밤 찬란한 그곳까지
삼백예순닷새 위해
온몸으로 뿜어내는 어른과 아이들의 가지런한 소리들을
섭수해야 된다고
환한 얼굴로 내려 보시어요

이천 원을 실은 구명선

혹한과 혹한 사이
이자와 이자 사이
길이란 길 늪이나
얼음 속에서도 부패되는 얼음의 나라에서
무기력 태연한 관념의 시간에서
사소한 소리에도 놀라는
지독한 환각 앞으로 내려오는
구명선 한 척,
여덟 살 아이가 보낸
이천 원을 싣고,

— 아빠께
아빠 조금이지만 많이 써줬으면 좋겠어요
아빠가 슬퍼하는 거 싫으니까 오래오래 살아야 해요
아빠 힘내세요
아빠 사랑해요
처음 배운 한자 (아비 父, 좋을 好, 힘 力)
— 공주 올림

2부

무죄의 날들

죄를 모르는 나를 지배하는 것 모두
억압이라 생각했다
빠져나갈 길 없는 길 위에서 선택의 결론은 미혹
누구도 경멸할 자격 없는 나는 물끄러미 바라본다

하루 종일 춤추는 일밖에 모르는 사람들과
하루 종일 공놀이 하는 사람들을 보면서
여전히 저 포도는 너무 시어

희미한 스탠드 아래
늙지도 젊지도 않은 희망을 지니고
낡은 노트와 연필 한 자루로 모든 물상의 삶을 쓰고 사는 얄궂은 이 속박
필경 연유가 있을 것이다

방종과 일탈의 유희로 무진하게 솟아오르는 시원은 말라 버렸을지도
수리산 중턱을 덮던 바람꽃이
탐욕의 발에 짓밟혀 흔적 없이 소멸하듯이

바람꽃 정령이 일렁이는 데드라인 아래에서 소리친다

사계를 누리는 쾌락은 영원하지 않다고
대지의 통증 또한 영원하지 않다고
수리산 바람꽃 다시 피고
나의 바람도 뷰파인더를 여는 봄

다 자란 아이들의 젊은 사유에 긍정하며
고단한 날이 더 많아질 나를
염려해주는 날이 올 것이라고
기다리지 않아도 봄은 돌아오고 또 지나갈 것이라고

7초에 대한 응답

— 폐소 공포

날마다 고속으로 오르고 내리는 엘리베이터
크레바스다
밀폐된 공간에서
증오와 지독한 뒷담화와
알고도 밟았을 개미와
그의 친척들과
언 산수유 따 먹은 것까지

뉘우친다
헛기침 세 번이면 열리는 문 안에서
조급하다 침 마른다

학교에서 돌아온
열일곱 살에도 열아홉 살에도
엄마 찾아다니며
동네를 돌던 때
지금도 선연한 불온의 빈터

부를 때마다

천근만근의 무게를 밀어내고
틈과 틈 사이
폐쇄된 공간마다 문을 내고 계시는 어머니
아해야 겁내지 마라
그렇다, 무엇이 나를 숨막히게 하겠는가

침묵

말에 체한 부위를 녹이기 위해 구심을 먹는다
말다운 말
고요한 심장을 위하여

몇 그램의 엑기스가 답다에 이를까
수백 개의 지뢰를 품은 말없는
부패의 진동을
어둠과 밝음의 교차 사이에서 몽롱한
실어의 침묵을 두 알의 구심이
괜찮다 괜찮다 관통한다

불길한 밤이 쓰러진다
두근거리던 새벽이 고요해진다
누군가
근엄한 도덕의 손이
오래 보았던 구원의 경전이
악몽의 침묵을 벗기며
제명된 이름을 다시 부르고 있다

천리포 만리포 가는 길

갈매기가 도로 벽마다 그려져 있다
전부 비상만 하는 그림이다
새들은 위로만 나는 걸까
먹이를 들고 집으로 들어오는 새도
소임을 마치고 휴식하기 위한 새도
있을 터인데

젊음은 비상이고
늙음은 하향인가
물에 불은 손같이 주름 굵은 손으로
무슨 일을 못 하는가 안 하는가
밤낮으로 철썩이며 다가서는
파도여 뭍이여 날 어쩌란 말인가

젖고 찢어진 비닐
마시고 마신 페트병
깻잎 오이 상추 치커리 고추 갈치 쌈된장
햄 계란 멸치볶음 가지볶음
젊은 손은 젊어서

위로만 솟는가

천리포 파도 젊은 파도인가
만리포 파도 늙은 파도인가
자시에도 인시에도 본분처럼 철썩인다
무슨 일 저리 오래 하시는지
세 겹으로 밀폐된 창문이라 고요하였네
문 열어 젖히니 일 따라와 있다
무서운 일
천리포 만리포까지 따라와 있다
냉장고 냉기 찬 나물들과
텃밭의 초록 실파 비스듬히 누워 살음 하는
소리들

늙는다는 것
사랑이 깊어 더 많이 아파가는 것이다

노천탕

채털리 부인의 멜러즈는 없고
산장도 없지만

소낙비 내리는 날의 노천탕
원초적 향연 속
나는 한 마리 짐생
어느 여인은 온몸을 난간에 엎드린 채 졸고 있고
빗줄기에게만 나신을 허용한
여인들은 오랜 시간 비를 맞으며
야생의 진화를 증명해 보이고 있다

소나무 울창한 숲과 떡갈나무 숲을 헤치며
비는 하염없이 떨어지고
얼굴과 목 위로 어깨와 가슴 위로
세차게 부드럽게
다리는 뜨겁고
원시의 몸 위로 세찬 빗줄기
쏟아진다
<

채털리 부인은 병들고

멜러즈의 산장마저 아주 사라지고 없어

망상마저 지니지 말아야 할

원시림 속

망극의 노천에서

양극의 서늘함과 뜨거움 속에서

온몸 씻어 내리는

하늘 아래 슬픈 이무기 한 마리

하늘의 감로 여기까지다

촉을 만나다

쪼그라진 감자는 촉의 번성을 향해
한철, 제 몸의 굴곡을 쓰다듬으며 진액을 조율한 것이다

우리는 더딘 촉에 대하여
수십 일을 기다린 새봄에 대한 모욕이라 했는데
보드라운 잿가루도 허당이라 했는데
온전히 갈아엎자 삽을 들었는데

뒷산에 뻐꾸기 내려와 울었다
산복숭아 붉은 꽃잎 분분히 날린다
땅을 디딘 발 흔들린다

지축을 울리는 몰입의 증명
수십 갈래로 부풀어 오르는 땅의 연주
감자의 아들들이 부르는 유록의 라노비아
멀리 사격장에서 울리던 총성도 멎었다

몰입

몰입은 몰입을 낳고
몰입은 광야를 낳고 평야를 낳는다
껍질 떨어진 욕실 문짝 위 얼룩이 만든 콜라주
누군가 와서 오래 앉아 그려놓고 간 대작

뭉게구름 아래
양떼 끝없이 지나가는 매직 아이
지열은 연일 40도를 갱신하지만
그림은 고요한 평원
세한도처럼 청빈하다

합죽선도 펄럭이는 듯
잎 그늘 선명한 입체적 그림

열화

드디어 여름이 가고 있습니다
끈적이는 여름입니다
끊임없이 열리는 방울토마토 같습니다
물만 먹고 마냥 키워내는 여름 오이 같습니다
날마다 공터에서 자갈더미를 밟고
몰래 나를 바라보던 벙어리 그 소년 같습니다
참말로 징한 여름들입니다

Stay with me

소중하다는 것
있을 때는 몰라 공기처럼

이따금
내가 내게 화나고
내가 네게 화나고
자목련 그려진 치마 입고 싶은데
먼 산에 불을 보는 네가 미워
치마처럼 얇은 네가 미워 치마 입는 내가 미워

나는 욕망에 아픈 가난한 공주
영악한 사랑
사랑의 척도 따라 반격하고 추종하지
네 사랑이 저항하면 내 사랑도 반격하지

사랑, 너도 나도
스스로 구름 서로 구름
뭉게뭉게 수상한 날들
<

어느 구름에 비 들었을까
대책 없이 쏟아질 소나기
하나 둘
온몸에 에러 나는 나 홀로 공주
빈약한 날은 오고 또 가는데
종아리는 추워

수시로,
추락하는 자존의 창에서도
혼란하던 날의 기억을 알아

체념으로 길들여진 여우 말한다
다투라 간절해서 다툼이다
Stay with me

인형에서 사람까지

한밤중에 물 먹으러 나왔더니
거실 한 쪽에 작은 인형들 나란히 자고 있다
일인 다역으로 놀던 아이의 정원 고요하다
휴지가 이불이다
마스크가 이불이다
아이 곁에 있으면 바람도 달겠다

곤하여 스르르 졸면
식솔들 모두
굽은 새우 한 마리 보듯 한데
아이는 나이팅게일 제 몸이 먼저 추워
머리카락 다 붙이고
끌고 온 이불
발가락 하나도 나오지 않게 여며주고 간다

서슬 푸른 언도로 세상의 순차를 헤아려
입 다물게 하는 저 당찬 연민
어른들 이기의 모서리마다 이불 덮고 다독이는,
야물어라
박달나무 이파리 손

숨어 우는 새

저 꽃을 꺾고 싶어도 누군가 볼 것 같아서
숨어 보는 새 있을 것 같아서
사욕을 참았다

때와 장소 불문하고
굽은 소리는 한계를 넘어가고
밥 한술 넘기는 길 무모한 길 천 리
한 발 한 발
한 움큼의 살과 아홉 방울의 피 마른다
마른번개로 내리치는 말의 쇠스랑
소리의 끝마다 긁히는 생채기
누군가의 좌절과 자책과 스치는 눈물 본다
마음이 일으키는 물보라 일어 고개 돌리는데
되돌아갈 수 없는 길에서 바라보는 가파른 산맥인데

바위를 치는 계란의 비애를 아는가
갑의 선상에 서있는 사람아
태초에
선별하지 못한 옹이 자를 수 없어

분노의 편린들로 무성한 숲에 들어

날마다 숨어 우는 작은 새

날개 얇다

국가유공자의 집

천 세대 중
밤이나 낮이나
펄럭이는 태극기 애국자의 집
삼일절 오늘 유관순 열사 새벽부터 기뻐하시겠다

한 달 동안 함께 못 놀아준 봄 방학
오늘이면 끝나는 아쉬운 아이들과 아비는 외식하러 나가고
한 달 동안 아이들과 신나게 놀아준
할미는 마른 김 한 장 구워 물 말아 밥 먹고

낼 모레 어머니 기일
생전에 좋아하신 찰토마토와
노랑 참외 사고
이름만 봄 꽃샘바람 매운 삼월
시큰시큰 걸어왔다
세상은 21세기
이 집 저 집 폐사하는 집들 많은데
번쩍번쩍 국가유공자의 집 팻말
대문 앞에 서서

忠臣求於孝子門을 지킨다

조절이 안 되는 혈당으로
헛배 쥐고 맹물만 마신 어머니
가여워라
음력 정월 대보름 삼일 후
바리바리 차리는 상
생전에 못 드셨던 단술
이팝꽃처럼 하얀 밥알 동동 띄워
상에 올려드릴 때
달디달게 드시라고 한나절 지켜 서서 끓이고 끓인다

내 고향은 이니스프리

과유불급이란 말, 말에 흔들린다
나는 백인데 그대는 흑이라니
모성도 자정도 흔들리고 만다
만고의 진리가 부정되던 날
이니스프리로 가는 문을 나섰다

봄 여름 가을 겨울 살구꽃 환한 곳으로
바짝바짝 약 오르는 고추와 노랑 오이꽃 핀 텃밭으로
익기도 전에 따 먹는 성긴 포도나무 아래로
숨 쉬기도 힘든 폭염 속에서
마냥 견딘 내가 기특해
팬티 두 장과 차비만 넣고 씩씩하게 간다

마른번개처럼 나타난 나를 보고 언니는

이 삼복 팽형지옥에서 나온 백년 묵은 백여시로 여길란가
누군가 나 죽으면 사리가 나올 것이란 말에 다 부서진 사리가 나올 거라며
측은한 동생 알아보고 반길란가

한 사나흘 웃을까 아니 한 달 아니 두 달
그럼, 석 달까진 웃겠지
아니 일평생 웃겠지 속도 겉도 한결같은
넓고 좁은 세상에
내가 그렇다면 그런 만 번 억 번 내 편
언니 곁 이니스프리로 간다

점점 어두워지는 밤
밤에도 진달래는 저리도 고운데
눈에서 뺨에서
뜨거운 진달래 하염없이 핀다
할머니! 할머니?
부르는 소리 들려

KTX 차표와 바꾼 수박 한 덩이가
닫힌 문을 열고 우릉우릉 굴러 들어간다

스물여섯 번의 이사

미운 사람 있어서 일 년 살면 가고 싶던 이사
증오는 사랑의 우위에 앉아
사랑과의 별리도 수월하더라

가는 곳마다 미운 사람 셋과
좋은 사람 셋 공존하더라

좋은 세 사람에게 떡 하나 주고
미운 세 사람에게 떡 두 개 주었지
아무도 가까이 안 하는데
떡 하나 더 주는 내 어깨에 기대더라

나찰의 용심이 유순한 코끼리로
변하는 데
그리 오래 걸리지 않았어
나찰
그들의 본심은 유약한 외로움이더라

숨바꼭질

숨죽이고 있어야 할 때
구멍 뚫리지 않은 주전자
감금된 묵언에
간질간질 잔기침 돋아 올라
잠자리 날개
그림자 보이고 말아
썩 나와라
번개 같은 의심 두드러기처럼 돋아
청하지 않은 사람 낯선데

오만한 술래잡이
그녀는 술래 청맹과니 그대 사랑
그래도 그대에게 별인가 달인가

희귀병, 약도 없다

— 메마른 모래로는 절대로 채울 수 없는 체의 논리에 동의하며*

내 손은 아티스트 어두운 곳을 밝힌다
쓸어도 닦아도 음습한 발코니
감자에 싹이 나고 차가버섯에 꽃이 피고 보물인 양 보인 각양각색들
두 상자 버려도 어지럽다
누군가 말한다(내일이면 다시 그대로일 텐데요)

내 뜻으로 할 수 있는 유일한 길이기에
바로 놓고 뒤집어 놓고
버리고 또 들여오는

어제 이 자리의 물상들
최상의 자리가
어느 찰나 메너리즘에 든다
처음 보는 눈이 되어 멀리 서서 바라본다
불태워 버리고 싶어
색깔의 배열과 크기와 무게 갖추고
후미진 곳에서도 똑바로 앉아라
나는 마에스트로 어두운 곳에서 연주하는 환희의 손이야

버릴 것 남길 것
날마다 걸러내야 하는데

무모한 에고 하나
손드는 카르마
천변만화의 자화상에 바치는
맹목의 순정
초라한 나무꾼과 쫓기는 사슴과
초록 청개구리와
나를 날게 한 날개옷은 못 버린다
내가 그렇다면 그러한
도무지 없는 약

* 레이 브래드버리의 『화씨 451』에서

3부

장미, 그 잔인한 아수라도

힐난과 질책에 날마다 모서리가 되어가는 꽃
가여워라
바람과 비를 먹고 자라는 키는
성장이 지연되고
꽃으로 위장한 가시꽃 장미
말 말 말마다 상처
세 발자국 뒤에 걷는 길
길 없는 길 백척간두
겨울에도 피던 장미 흔적 없는 촉

섬김이 멈춘 자리
장미의 본색은 가시
손잡고 피는 모든 물상들 불온의 시선 끝에 유린당하고
함께 보는 시선의 끝에 아수라 서있다

모자에 가려진 그 속 깊은 곳
두서없이 엉켜있는 말의 알들
끊임없이 부화되는 곳 향하여
다시는 쓰지 않겠다 했던 말

순서 없이 장전한다
멈추지 말라

발사 완료

라이프 오브 나이트

텔레비전에선 야생의 생존자들을 방영하고
그녀는 저녁에 먹은 수박을 쏟아내고 있다

화장실 모서리를 향하여
열대야 속 야행성의 생존자
집게벌레 한 마리 질주한다
졸리던 눈에 불을 켜고 그녀는
놈을 추적한다
순식간에 사라진 집게벌레
샤워기로 코너를 향하여 분사했다
수압에도 침묵이다
수압에 떠내려갔겠지
추적을 포기하고 문을 닫는데
문 뒤 갈라진 검은 나무 사이에 무늬로 붙어 문을 밀고 있다
검은 등을 향해 폭우로 퍼부었다
틈과 틈 사이에서 다리를 버티며
온몸으로 문을 끌어안고 있다
공격과 생존 살인적 폭염 같다
생과 사의

판단마저 녹아내리는 열대야 새벽

그녀는 결국
어느 날 궂은 밤
포크레인 같은 집게를 벌려
잠든 그녀의 다리를 집어 올릴 후환을 만들고 말았다

지금 세상은 삼복이 아니라 쌈복이다

참 모질게 덥다 하늘과 땅의 노도에
우리는 새우
등이 터진다
터진 등으로 그냥 쌈하고 싶은 날들 질기게 길다

이글거리는 땅과 하늘의 열도에
살아있는 것들의 모공이 탄다
아, 지금은 엄동설한 삼한사온도 아닌
하루하루 얼마나 따뜻한가
주문을 거는 거다
어느 날부터 묵언에 든 신께
나무 같은 돌 같던 신께
축귀같이 교만했음에 노하지 마시라고
들끓는 이 땅 사심 거두시고
평상심으로 바람과 비를 뿌리시라고
하늘에 침 뱉는 서러운 글 쓰다가 스르르 잠드는 머리 위
그저 무심으로 일렁이는 공기같이
작정 없이 흘러가는 바람 같아 라고
<

여여한 일상 다급하여 말한다
강생이 목에 찐득거리는 머리카락
보송보송 감기도록 주문 걸어보는 얄궂은 삼복

백 년 만의 무모한 쌈
그래도 새벽이면 하늘은 손드는데
땅은 식지 않고 독선으로 버틴다
그래 어디 가보자
견우와 직녀가 만나는 칠월 칠석 이틀 지나면
날도 선선한 내 생일에
여척없이 스러질 폭염
이대로 버틸 것인지
어디 보자 그 싹수,

봄밭 가는 길 우리는,

이 길에 들면 폭설과 잔설을 이긴
유록의 산과 들이 앞에서 걸어온다
눈부셔라 땅에서 한 뼘 벚나무
늦은 꽃을 매달고도
자존심 높다
작은 고추 맵단다
송이송이 똘똘하다

인동초 같은 시금치와 대파 꺾으면 뚝뚝
다디달아라 짙은 초록물
몰랐다
모두가 버렸던 겨울의 본성

컹컹 먼 데서 들리는
사슬 같은 움막에서 백구 짖는 소리
가여워라 짐생
배추도 호미도 발 달린 듯 달아나고
사람도 사람을 서로 살펴 짐생인 너의 피 덤으로 두려워
하니

공방에 든 것은 네가 아니고 독수의 사람이니
사람을 가여워하거라

봄은 점점 진땀으로 치솟고
우리들의 3년은 점점 익어
방울토마토처럼 초롱초롱 달릴 것이고
싱싱한 가시오이 같은 여름을 만날 것이다

사람아
지금 우리는 초록
부질없이 일어나는 탐욕들 동토에 묻고
날마다 새봄 같은 땅
거침없이 돋아 오르는 돌나물같이
거름 짙은 흙에
까맣게 잘 영근 커뮤니티 종자를 뿌리자

저항하면 반격한다

40년 된 친구를 버렸다
40년이 되어서 버렸다

낡고 때 묻어서
먼지 섞여 있어서
밥 먹을 때마다 입가에 붙는 음식
옛날엔 왕성한 식욕 복이다 대복이다 했는데
분별의 내 눈 밥을 밀어낸다

모란과 목련 화려한 뜰 스러지고
지금은
개망초 지천의 땅이라니

40년 내게 묻은 먼지
그가 먼저 보았겠다
분별의 그 눈
나보다 먼저 밝아졌겠다

정밀한 사진

내 친구는 또 나에게 부탁을 했다

내가 콜롬보의 친구라는 걸로 알고 있기에
유리잔 보듯 나는 다 보이는데 그녀는 왜 모를까
어쩌면 확인이 두려운지 몰라

종횡무진하는 육감을 지닌 내 육감은 유감이다
그녀도 나도 슬픔의 공범이 되어
유리잔이 부서지는 걸 봐야하니까

육감은 신이 아니다
무녀의 방울에 달린 소름도 아니다
이제서야 온전히 새살 돋아 나오는
상흔의 증언이다

사진은 정직하다
사진은 말이 하고 싶어 못 견디는 수다스러운 여인
남의 불행이 나의 행복이라고
울다가 웃다가
발끝에서 머리끝까지

돌과 풀과 호수와 폭포와 버들강아지 노란 가루투성이
협의를 지니고

번쩍이는 선글라스는 태연히 햇빛을 가렸지만
유리에 비치는 긴 가로수 앞에 서있는 누군가 저 발랄한 잔영

오래 지녀온 세월을 기만하고
정직하게 발설하고 있는 저 빛을
어떻게 할 것인가
뷰파인더를 겨누는 손
실체를 드러내는 반사의
시점은 오후
모과나무 잎에 낮게 내린 은밀한 사광

진실과 거짓의 혼돈 사이에 서있는
그녀에게 나는 무엇을 말해줄 것인가
수 수억 년 출렁거려도 제 자리인 바다를
데려다 줄 것인가

한결같이 태연한 저,

역류

기차가 도착했다
너무도 낯익은 사람이 우산을 펼치고 달려 나갔다
청색 잠바를 입고
팬티 색깔까지 다 아는 남자다

많은 사람들이 내렸지만
단 한 사람의 젊은 여자에게
남자가 달려가 우산을 씌웠다
아무 소리도 듣지 못하고 걷는 두 사람
빗소리 때문이 아니었다
차단된 우산 위에 떨어지는 빗소리보다
도란거리는 소리에 싸여 세상 밖의 소리는 멀다
사랑은 비극이어라 라는 이소라의 노래를 들어본 적 없는 사람들
한 치 눈앞의 파멸을 모르고
열차를 보냈다

우산을 뒤따라가는 발자국
한 번도 들어본 적 없는 남자의 목소리

깃털 같은
산새 같은 소리가 새어나오는
우산 속 세상을 바라보며
지나간 몇 달의 시간을 생각한다

예측불가한 역류로 홍수 범람하던 강
수상한 꽃 마구 피어나던 정원
허용되지 않는 폭언을 싣고 무작정 흘러가던 강물에 대하여
위기의 둑을 막은 사람에게 돌아오던 비난

맹목과 불신의 흔적이 남긴 추적으로
비굴하게 좁아진 세상의 모서리에서
사람들은 다시
더 치밀한 해후를 생각한다

해동되지 않는 선물

손가락을 다쳤다 작은 믹서기에
열 바늘을 꿰매고 출판기념식에 갔다

다섯 달 동안 감각을 잃고 밴드를 감았던 엄마 손가락

언제 보았을까
붕대 감긴 손가락을
거칠고 생소한 부품들로 조립된 듯한 손을
오른손만 쓰던 나만 아는 통증을
어설피 책을 든 내 손에서

처음 만난 내게 부쳐온 택배
봉투 속 대파와 다진 파와 마늘 알알이
푸르디푸른 질량의 연민

처음 본 명작 앞에서
조각조각 울림 앞에서
인위의 구절을 만드는 내가
작위의 감동을 구하는 내가

부끄러워 냉동실 문을 열 때마다 유록의 그 자리
시인의 시 알알이
오래 오래 단단하다

— 여경임 시인에게

원 투 스피크 해브 예스

— 일리 있다

무릎 아파 병원 간다

남이 쓰던 물건 가져오지 마라
목매 죽은 나무일 수 있다고
해독할 수 없었는데
애착이 따라와 해코지한다는 말
해독할 수 없었는데

축귀 같은 인간에겐
죽음이 수반되는 극단이 만류지

새 물건 들어올 땐 내 살인 양 애지중지
헌 물건 들어올 땐
좀 까져도 그만이라 오래 산 배필같이
닭 보듯 오리 보듯 드르륵 끌끌 긁히고 부딪치고 피 보고
말지

그러나 비방 한 가지
헌 물건 들어올 때 그 물건 바닥에

먹물 진한 붓으로 임금 왕 자 새기라지

무수리 말고 돌쇠 말고 왕으로
헌 물건도 왕처럼 올려보란 말이지
공경을 다하면 일신이 편하다고

밤이나 낮이나
제왕이신 곡부 공씨 산문의 제왕이
지금까지 한 어록 중에 최고의 어록
남이 쓰던 물건에 마장이 따른다면
이사 갈 때마다 새집 지어 들어가라

원투스피크해브예스

뇌물 받은 개

주말 농장 안
제1의 사내가 사나운 개 앞에서
한 발짝도 움직이지 못하고 있다
움직일 때마다 물어뜯을 기세다

개를 만날 때마다 쓰다듬고 먹이를 주는
특1의 여자가 다가가서
그러면 안 돼 라고 타일러서
사내가 무사히 빠져 나갔다

제2의 사내
만날 때마다 조상을 만난 듯 유순하다
농장의 개울을 건널 때마다
사람의 손 한 번 잡아주지 않아도
개의 손과 발등을 쓰다듬고 비비며 땅콩을 준다
개도 조상을 만난 듯 머리 조아리고 공손하다

제3의 여자는 오늘도 안전거리 유지
더도 덜도 말고

눈도 마주치지 않는다
나는 너를 해칠 맘도 관심도 없음으로
개도 사람도 함께 반목하는
언제 뒤통수를 칠지 모를 경계 대상 1호

이빨을 드러낸 개에게 먹이를 주며 달랜
특1의 여자가 말한다
이 개가 화내는 데는 필경 연유가 있다고
발로 차거나 돌을 던지거나 모른 체 했을 거란다

제3의 여자, 개에게 무엇을 상납할지 그것이 궁금하다

과학적인 선물

설 연휴 끝나고 아파트 한 모퉁이 쌓인 빈 상자들
처음 들어올 때처럼 높다
또 저만큼 나갔을 상자 분주하고 무섭다

밀고 들어오는 상자들
열고 나가는 상자들
하나씩 열 때마다
휘청거리던 명절증후군 달콤했을까
허리 굽은 웃음이 상자를 열고 접고
영동 곶감 달았을까 나주 배 시원했을까

어제 동쪽으로 보낸 상자
오늘 서쪽에서 오는 상자
오고 가는 상자
하나 더하기 제로
하나에서 제로 빼기
과학 같은 설날
야무지게 떡국 먹고 과학같이 산다

어떤 탈퇴

— 그룹 밴드

정열이 식어서
왕이 될 수 없어서
나가야지 나가야지,
나왔다
덜컥 잡혔다
— 아니 되옵니다

사람 꼴 보는 용심 용렬해서
참는 힘 점점 쇠잔하고
몰락하는 위선
나가고 말 거야,
나왔다
덥석 물렸다
— 잘못 나가신 거죠?

잔치 잔치 열렸다 날마다 춤춘다
그 잔치 내가 춤추고 있으면 내 모습 못 본다
그러나 허리 아파 춤 못 추고
무릎 아파 춤 못 추고

박수만 친다
주인공도 싫다
왕도 싫다
손가락도 아프다
보는 눈도 힘들어 실핏줄 터졌다
이번엔 진짜야
나가도 안 잡겠지
더러버서 안 잡겠지
훌쩍 담 넘고 사정없이 나왔다

그 속 진군하는 무리에
무서운 여왕 하나
한 마디도 없이 세 발짝도 가기 전에
성문까지 닫아걸고 뒷덜미 다시 잡혔다

나는 지구의 한 조각이 아니라 사계를 운행하는 지구의 중심이다

수리산 중턱
바람꽃 피는 봄과
송기물 절벅절벅 물오르는 산 내게서 온다

자고나면 좀 더 자란
아이들이 먹는 달걀과 들깨미역국
골라내면 도로 먹이는 콩밥 내게서 온다

최소한의 전력으로 켰다 껐다를 반복하는 에어컨
어린 것 목덜미에
끈끈하게 감기는 머리카락
리모컨을 쥐고 갑질하는 손 내게서 온다

폭염 속 아침부터 잠들 때까지 부는 폭풍
우리들 제왕의 균열된 군기에 맞서는
수백 도 레이저 내게서 온다

개망초 지천의 텃밭 입구
휜둥이 털갈이 시키는 바람과 끝물 오이 꼭지 끝 마지막

햇빛과

바람과 눈물의 뼈가 만추처럼 깊어가는 부엌에 서서
혈당과 화해하는 깔깔한 현미밥 내게서 온다

증오도 사랑이란 말은 오류,
차가운 산수유 붉은 알 얼어도 붉다
사랑은 수백 년 얼어도 그 빛 붉어 여백이 없고
전염도 되지 않는 우리들 바람벽에 기생하는 이기의 포진들
봄이 와도 녹지 않음을 알고 있는
나의 선견 또한 녹지 않으려니
대범으로 위장한 사소함들이여
이제 참꽃으로 피어나자
자고나면 물이 어는 느린 겨울을 지나
참꽃 따먹을 명랑한 소녀 내게서 온다

결집

갯가에 직선으로 뻗은 부들 몇 송이
내 꽃꽂이 소재의 호재
상하 대각으로 표현해도 꽃일 뿐인데
올곧은 직립의 소재 하나 세워지면 아트의 완성
단호한 일당백

한 여름 날벌레 송신스럽고 모기떼 왕성해도
부들부들 부드러워 부들인 줄 알았는데
제 몸을 수호하는 제왕의 넋 탱천하다
홀씨 한 올 뽑았는데 수천수만으로 진군하는 대군들
휘둘러도 달아나도 더 높이 날아올라
발화된 계절의 서슬 푸른 팽창

누구 나와 봐라
나 허리 못 세워 하늘이 노랗던 날
돌멩이 같은 길 헤치고
봉침 찾아 떠날 때
내 결집의 홀씨들은 어느 땅 어느 하늘 아래
휘날리고 있었는지

굽은 발자국으로 운행하는 찰나마다
날지 않는 결집의 황무지

새벽을 건너는 낚시

나를 위하여 네가 나를 낚는 거다

까닭 있는 분노와
조절되지 않는 스트레스의 냄새
넌 물까 말까 입질하며
나의 근기와 탐욕을 시험하는데

휘청거리며 걸려 준 너의 보은에 산 그림자 우쭐거리고
네 체념과 나의 환희에 수심 저 아래 오래된 침묵

정수리에 달리지 않은 직위가
가시 돋은 시간을 넘고 넘어
목에 걸린 하루가
한 계절을 넘을 만큼일 때
강은 나를 쉬게 하는데

나의 어머니 강물 위에 단호하다

신생의 숲을 박차고 나온

거대한 월척이 요람에서 두 팔 벌려
온유한 꽃으로 눈부신데

새벽 강 잊어라 는개에 옷 젖는다

강물로 귀척하는 지느러미 철벅거리는 소리에 안도하는
절제의 제단 위
고독한 동행을 끝내며 이끼 묻은
신발을 씻는다

목격자

— 들쥐

나는 지금
땅콩 밭에 엎드려 빌고 있다
이파리 가만가만 흔들리지 않기를
못 본 척 지나가 주기를
실전처럼 총성이 울리는 사격장에서도
두렵지 않았는데
노려보는 저 시선, 나 지금 떨고 있니?
내가 숨은 곳을 알면서도 그들이 다투는 소리 높아
개망초가 흔들린다
연한 가시오이를, 지금 딸까 나중 딸까
상추 씨를 뿌리자 쑥갓 씨를 뿌리자
내가 바라보는 사람의 논쟁은 부질없음이고
부질 있음으로 투쟁하는 사람들 가엾다

도대체 나는 어디 있는 거지?*
땅과 사람들 소리와 햇빛마저 어지러운 밭의 중심에서
불안으로 웅크린 은신이 사내를 노려보고 있다

저 사내,

참지 않고 터지는 오만 밖에서도 바가지 새고 있다
개망초 저리도 눈부신데
나를 따르라
사내의 보리 툭사바리 열두 개째 깨고 있다

그래 못 본 거야
당분간 못 본 거야
그러나 사내여 발설할 때, 때를 잊지 마라
내 오줌 속 쯔쯔가무시 거꾸로 솟아
밭둑을 넘쳐 넘쳐 저 사내 장화 속에 들고 싶다

* 로베르트 발저의 『산책자』 중 들쥐 인용

4부

곰의 발

손을 본다
곰 한 마리 내려온 줄 알았다
영락없는 곰의 발이다
첩첩산중 어느 산을 오른 걸까
굵은 저 주름 속 지치지 않던 웃음과 이따금 울음들
여리디여린 새순의 다섯 살
양 갈래 머리 묶은 손을 잡고
유치원 버스를 기다리던 화단 앞
누가 누가 예쁜가 진달래꽃 속 웃는 얼굴
찰칵찰칵 누르던 손
오른쪽 왼쪽 돌려주던 얼굴
잘도 기다려주던 엄마 얼굴 기특해서
쉽었어라

들여다본다
거짓 없이 거칠었네 곰발 같은 손
쓸쓸한 갱년이 신산한 위기의 계절이
일당백의 분주로 웃은 일 더 많았어라
<

다시 들여다본다
미더운 곰의 발
실크 이불을 서걱서걱 뜯어 먹어도
쪽쪽 빨아당겨 먹는 국수를 삶고
한 뼘도 안 되는 양말들을 빨고
나의 손
한생 참말만 듣도록
참꽃만 만지도록
맵지 마라 트지 마라

용심의 종류를 아는 손

팔만사천 가지 번뇌
사람과 사람 사이
틈 만들지 않고 사는 일
더는 맞추지 못 하겠다 생각했을 때
길 없음을 안 길이 돌아서서 나를 물었다
고양이에게 쫓기던 쥐처럼 물었다

내 몸이 부서졌다
손가락이 무너졌다
그래도 봐줬단다
잘리지 않았음에 감사하란다
화내고 하는 일
차라리 하지 말란다

손을 본 사람들 소름처럼 돋아 올라
놀라는 사람 많아 더 놀랍다
오른 손 아니어도
글은 쓸 수 있어도
몇 해는 갈 것이다

모든 믹서기 제로,

내가 주연일 때 세상은 봄

— 기
내가 엑스트라일 때 세상은 겨울

— 승
주연은 조연의 비애를 모르고
조연은 사사건건 주연의 뒤를 캐고 쓰러뜨리지
쓰러진 등 밟고 또 밟지

— 전
진신사리를 친견하기 위해 전국 각지에서
다 올라왔지
일주향을 올리고 사리를 친견하게 하는 자리
주연은 조연에 밀려 어간 뒤에 서있고
주연을 밀어낸 조연은 십 년의 신심으로 사리 앞에서 아상으로 춤추었지

— 결
아 어디서 보았을까 천수천안
500년 된 회나무 위에 매달린 마이크

일갈하는 소리 도량을 울렸지
— 조연은 물렀거라!
네 설 자리가 그곳이냐?

* 에필로그
주연은 자리를 찾기 위해 조연을 밀지 않아도 제 자리를 찾고 막이 내릴 때까지 주연은 죽지 않지

대가람의 10년
물불을 헤아리지 않고 미친 신심으로 벽오동 심은 뜻은
인간이 내재하고 있는 무한한 잠재력을 계발시켜 준 주장자의 힘이었지
그 주장자, 지금도 마장을 타파하는 잠재력으로
산맥을 넘을 때마다 큰 바위 얼굴 형상으로 남아있지

물을 누르다

누워서 보는 세상
몸속에 들어 있는 힘
다 비워야 하늘이 보인다
오장육부와 슬픔과 분노
기쁨마저 내려놓아야 별과 달에 이른다
달과 별을 보아라
비웠다는 생각마저 다 비웠을 때의 빛을

그대, 험한 물길 속
발 닿지 않는 동굴 같은 물속
떠있다고 능사 아니지
질기게 휘감으며 끊어지지 않는 물살
유려한 발목으로
집요한 가난 차내 듯
결연하게 차 올려야 할

몸은 지금
여분의 압력을 비우기 위해 한 방울의 물마저 털어내는 중
오라, 불온이여

필사적으로 운행하는 나의 돛 아래
홀연히 부서져라

보이지 않는 불길

더 무섭다
한 사내가 쏟아부은 신나통으로 마을은 초극의 공포
스프링쿨러가 하염없는 사내의 애증같이 흘리 길을 적시고
한 통의 불길과 맞바꾼 이상한 배후
사랑을 빙자한 집요가 호송차에 실려 가는 것으로
까마귀도 따라가고

포로의 불길 그리 쉽게 사그라질 것을
어제도 옛날이라 가정하자,
그의 옛날 애인이었던 여자는
망둥어 한 마리를 잘라낸 듯
후들거리는 사람들의 다리를 유유히 밟으며
클레오파트라같이 지나가고

합법의 방화芳花가
불법의 방화放火로 끝난 자리
극지로 끌려가던 사내의 은밀한 눈물과
탕진한 살의가
마을 한 가운데 괴목으로 서있다

파편의 종류

1

한 무더기의 유리 파편 앞에 서서
골똘해진다

몇 병의 술이 돌고 돌아 거품이 끈적이는 입술로
이념이 다른 수천의 민주주의를 향해 총살시켜야 한다고 부르짖었을 것이고
비틀비틀 일어서며
휩쓸고 내리쳤을 병의 파편들이 밤을 찢었을 것이다
한결같은 논쟁은
이긴 자도 진 자도 초라해지는 것을
내 밥그릇은 비어있고
네 밥그릇은 만월인 것에 대한 노도의 파편들이 번쩍인다

2

날마다 여명을 밝히며 완고한 이념의 기폭을 흔들며 쏟아지는 파편 조각들
까똑까똑까까톡톡

소심한 애국자가 손수 뿌리는 자유로운 상식의 파편들
환멸로 차단하고 싶은 이름이 되어
차마 방자로 명명할 수 없는 이름이 되어
선량한 민주주의를 간곡히 읽어라 한다
이제 나도 잘 모르는 내가 모른 척할 때
부디 범람하는 물살을 따라 가만히 나가주십시오
나가기를 누르기 전에

서호를 돌아

1

날개가 돌아 하늘을 날아
산이 보이지 않는 나라를 갔다

통증의 방광 속으로 구월의 바람마저 이방인처럼 낯설어
알지 못하는 사람 사이를 뚫고
강물같이 흐르던 오줌
대륙의 질서를 무너뜨리고 도로를 범람했다
시원해진 우리는 참깨밭 콩밭 종횡무진 건너
서호로 들었다

2

소동파의 시혼이 윤슬로 찬란하고
단교잔설의 다리 위에는 흰 눈 사라지고
항주의 사람과 박달의 사람이
팔과 팔을 들어 엮고 있다
양산백과 축영대 사랑의 혼
오래된 미래로 눈시울 뜨겁던

3

서호를 떠나 날던 날개를 접고

집으로 집으로

속도의 공포에 식은땀이 흐르고

첨단의 공포에 질리던 소태의 사이보그 멈추고

하늘과 땅 사이를 넘나들어

소심을 지배한 새 날개 돋아

유약한 악몽의 습관으로부터 해방된 찬란한 비행의 끝

서호, 오래 아름다울 지도

말목에 핀 꽃

오이 말목 세우고 그 꼭대기에 거베라꽃 조화 심었다
천 년 살아도 꽃 필 리 없는 보리 툭사바리꽃 누군가 닮았다

꽃과 말뚝의 심사 아래 유유상종하라고
오이넝쿨 올라가면 꽃 만난 듯하라고
형상만 꽃이라도 화사하라고
벌 나비 앉다가 돌아가버려도
꽃인 양 당당하다
가증스런 얼굴 오만하다

들개가 물어 죽였다고 술렁이는 막사 안
위용의 토종닭과 명품의 청계 깃털이 무겁다
검은 숲을 울렸을 가늘고 날카로운 울음만 공명으로 남아있고

수십 개 말목에 핀 꽃들
지난 밤 허물어지던 울음의 공포에 질려
살의에 허기진 밤을 증언하라고
넝쿨 순들이 몸을 칭칭 감고 조여도
천 년 묵언에 들어있다

소리를 끓인다면

매미 소리 끌어모아
무쇠솥에 끓인다면
무쇠솥이 구멍 날 거다
저 소리 수놈의 구애
이기적 발정
한철만 뜨거운,

고정관념

애증에 눈먼 독사 한 마리
아파트 한 가운데 불을 지른 뒤
끌려가고
물벼락 맞은 엘리베이터가 몸을 말리느라 며칠을 가동되지 않고
지인이 보내준 20킬로 사과 상자는 경비실에 보관되고

— 우찌할꼬 사과 상자, 무거워서,
아들이 하는 말
— 고정관념을 깨세요
— ?
— 꼭 집으로 가져온다는 생각을요
— 머시라?
— 차라리 먹고 싶을 때마다 칼을 가지고
가셔서 깎아 드시고 오시면 되죠……

악산에서 배우다

1

한 번도 보지 못한 가파른 산 앞에서
(예전에는 돌아섰을) 나는
그의 손을 잡았다
그도 (예전에는 뿌리쳤을) 내 손을 힘껏 쥐었다
차갑고 거칠던 파편의 촉감들
일제히 일어서며
소홀했던 세상과의 접속을 재작동 중
공포는 결집
손이 아니어도
지푸라기라도 잡았을 손들의 합일

2

돌아보았다 등 뒤
악산 앞 각양각색의 고단한 얼굴들
서로 손을 잡거나 부둥켜안거나
봉오리 맺힌 가지를
안고 눈물을 매달고 서있다

세상 속, 머리 달린 모든 것들이 흘리는 눈물이여 싱싱하거라
태풍이 지나가는 길목의 다큐멘터리

3
가여운 사람의 가슴이라니
사소함에 사소한 사람들이
거대한 악산 앞에서는
폭풍 같은 가슴으로 악산을 밀어내고 있다

이슬 문장

이슬 내린 배추밭에 왔다
맨발로 내려온 이슬이다
몸시 17번
정진규 선생님이 데려온 이슬 문장이다

크게 반성했다

서예가 송이 조희주님이 대한민국서예대전에
내 시를 쓰겠노라고
시를 달라했다
둘러보아도 이슬이 없다
폭설이다 나찰이다 산길 막은 산적이다
설악산 봉정에서 흘러온 물이 아니다
내장산 붉은 나뭇잎 밴 물이 아니다
범람한 홍수
고을 서너 개는 쓸고 가겠다
여전하다
이슬 그립다

0.5센티

0.5센티는 완강하다
몸의 균형을 잡고
벽을 밀어도 여백은 공허하다
스폰지가 아니어서
고무도 아니어서
미약한 수치가
거대한 물체를 밀어내고 있다

그네를 타고 하늘을 본다
하늘이 흔들리는가
그네가 흔들리는가
하늘과 그네의 흔들림이 0.5의 수치다
몸 바꿔도 합일을 이루지 못할 0.5센티 우리들의 독선도 팽팽하다

땡볕 윙윙거리는 밭 한 켠
시들어가는 오이가 0.5센티 땅심에 매달려 처서를 버티고 있고
배만 부르면 신이 나서 노래하는 아이들이 있어
0.5센티 저 너머
백척간두에 서있는 내 환절의 통증을 밀어내고 있다

가령

누군가를 미워하여 호명한다거나
허물을 기록한다 치자
세상은 그리 호락호락하지 않아
기준은 기준을 잃고
알 수 없는 신종법으로 나라와 마을은 가가호호 당당한데
그 글 유무의 존재는 불투명하다
어느 날 사라질지
보이지 않는 힘이 문장을 위축시킨 지 오래

나도 범법한 적 있다
조항은 모르지만 저촉될 수 있는,
나의 허물이 서른 가지로 기록된(나로서는 천만 번 부당한)
사내의 일기장을 불 태워 없애버린 것

머리 속에 보관되는 것과
종이에 보관되는 기록의 차이는 하늘과 땅
머릿속 허물은 허물들끼리 모여 침 뱉고 있지만
기록은 허물이 옷을 입고 도주할 우려가 있는 것이라 믿기 때문에
<

무딘 칼로
새겨진 기록은 용서도 지울 수 없는
비문 같은 것
천둥에도 번개에도 저촉되지 않기를,

무임승차권

국가가 무임승차권을 발급해 주었다

호시절 국가를 위해 무엇을 했는지 돌아보고 살펴보아도
한 것이라곤 존재밖에 없는데
세상아 고맙다
빨간 경로우대권 발급받아 귀하게 두었다가 온양온천까지 야무지게 갔지
엎어지면 코 닿는 곳들 마다하고 온양온천
300미터에서 나오는 물은 물이 아니고 약이라기에
사람도 깊디깊은 곳에서 나오는 용심 다르듯
썩고 썩어 걸러져 정수된 물만 나올 것이라

가는 길만 세 시간
패스카드 한 번 넣고
약물 찍어 바르고 돌아온 날
약물 과다 복용인지 온몸에 열나고
뺏속까지 쑤셔대는 지금 우대권 남용 후 병원비가 더 비싸다

전쟁 같은 달

어둑어둑 그믐밤 같은 집에서 나와
시큰시큰 골목을 지나
시장 한복판에 오니 둥근 보름달 새벽부터 내려와 있다
저리도 숨찬 보름달은 처음 보았다

대목 한가운데 서있는 보름달
설설 김 오르는 송편을 쪄놓고
지나가는 사람마다 달맛 보란다
갈치를 들고 소리치는 청년 비린내도 달큰하다
은빛 장검같이 번쩍이는 제주 갈치
꼬리 세우고 바다로 가겠다
어제 시금치가 오늘 다르고 어제 오이가 오늘 다른
달맞이 언덕 숨차고

아파트 정문 앞 안내방송
아직 지하철 노선이 확정되지 않았으니 더 큰 목소리를 내자한다
공약을 지키라는 촛불 숨차고
해외로 놀러가는 공황은 발 디딜 곳이 없고

오늘도 내가 가던 문구점 하나는 문을 닫아걸었고
미루나무 한복집 주인은 빚에 몰려 야반도주를 했고

나는 고사리 한 줌 더 주는 할머니 찾아 골목 끝까지 내려
가는 길
더도 말고 덜도 말고 한가위만 같아라는 말
숨차다
전쟁 같은 달맞이 길
신생의 누가 도래해도
숨찬 달맞이 전쟁 오래 끝나지 않을,

해설

지혜의 길로 나아가는 삶의 도정

박현솔(시인, 문학박사)

지혜는 어디에서 오는가. 선인들의 말씀에서, 책에서, 부모의 덕담에서, 선배들의 조언에서 오는 것일까. 그렇기도 하겠지만 지혜는 자신의 삶에서, 숱한 실패에서, 가끔씩 오는 성공에서, 생로병사에서, 만물의 순리에서 조각조각 얻어지는 게 아닌가 싶다. 그 조각의 지혜들을 자신의 생의 이불에 하나둘 기우면 한 채의 아름다운 이불이 완성될 것이다. 손한옥 시인의 네 번째 시집 『그렇다고 어머니를 소파에 앉혀 놓을 수는 없잖아요』는 이전의 시집에서 보여주었던 외유내강의 시에서 한발 더 나아가서 삶의 과정에서 느껴지는 여러 지혜들을 자신의 시 쪽으로 조용히 불러들이고 있다는 인상을 준다. 즉 내면으로 향하던 감각이 시적으로 더 깊어진 상태라고 할 수 있다. 서정시 본연의 모습으로 독자들에게 편안함을 선사하던 손한옥 시인의 시는 이제 삶의 연륜이 더해져서 지혜의 말씀들로 채워지고 있다. 그렇게 되기까지 시인의 노력이 있었을 것이고 다른 이들에게 은연중에 비쳐지던 노련함도 여기에 더해졌을 것이다.

이전의 시집에서 주로 문어체가 쓰였다면 이번 시집에서는 구어체의 혼용으로 문어체만 썼을 때보다 시가 더 구수하고 맛깔스러워졌다. 그리고 일상에서 경험한 것들을 서술체를 통해서 표현하는 것에서 스토리 중심의 시를 지향하고 있음을 알 수 있다. 내용면에서 가족에, 혈육의 정 등 가까운 사람들에게 애착을 느끼는 내용들이 많고, 주제면에서는 인생의 허무, 자본주의 속성, 낡은 것과 새것에 대한 삶의 지혜, 진정한 사랑의 의미, 새로운 희망으로서의 사람 등에 대한 것들로 구분할 수가 있다.

1. 허무한 생, 무죄의 날들

죄를 모르는 나를 지배하는 것 모두
억압이라 생각했다
빠져나갈 길 없는 길 위에서 선택의 결론은 미혹
누구도 경멸할 자격 없는 나는 물끄러미 바라본다

하루 종일 춤추는 일밖에 모르는 사람들과
하루 종일 공놀이 하는 사람들을 보면서
여전히 저 포도는 너무 시어

희미한 스탠드 아래
늙지도 젊지도 않은 희망을 지니고
낡은 노트와 연필 한 자루로 모든 물상의 삶을 쓰고 사는 얄궂은 이 속박
필경 연유가 있을 것이다

방종과 일탈의 유희로 무진하게 솟아오르는 시원은 말라버렸을지도
수리산 중턱을 덮던 바람꽃이
탐욕의 발에 짓밟혀 흔적 없이 소멸하듯이
바람꽃 정령이 일렁이는 데드라인 아래에서 소리친다

사계를 누리는 쾌락은 영원하지 않다고
대지의 통증 또한 영원하지 않다고
수리산 바람꽃 다시 피고
나의 바람도 뷰파인더를 여는 봄

다 자란 아이들의 젊은 사유에 긍정하며
고단한 날이 더 많아질 나를
염려해주는 날이 올 것이라고
기다리지 않아도 봄은 돌아오고 또 지나갈 것이라고

—「무죄의 날들」 전문

인간의 생이 유한한 것은 자연의 흐름 속에서 더 확연하

게 드러난다. 인간이 생을 다하고 나면 육체는 소멸하고 영혼은 어디론가 사라진다. 하지만 자연은 인간이 죽은 후에도 봄이 되면 꽃을 피워 올리고 가을에는 잎사귀를 떨어뜨리는 순환을 지속한다. 인간이 영원히 살 것처럼 한순간에 몰두하고 쾌락과 욕망에 집중하는 것과는 반대로 자연은 순리대로 유유히 무념무상으로 흘러갈 뿐이다. 이런 유한성을 가진 인간은 젊은 시기에는 그것을 모르다가 어느 정도 나이가 들어서야 자신에게 주어진 삶의 유한성을 느끼며 아쉬움을 느끼게 된다. 이 시의 화자도 젊은 시절 자식을 키우며 치열하게 살아왔고 나이가 어느 정도 들어서야 인간 삶이 유한하고 인간들이 중요하게 생각하는 것이 정말 중요한 것이 아니었음을 느끼게 된다. 그러나 남들과 다르게 "모든 물상의 삶을 쓰고 사는 얄궂은 이 속박"을 이어왔다는 것이 지금에야 조금 위안이 된다. 이 세상에 존재했던 모든 것들은 흔적도 없이 사라지게 될 것이지만 화자가 써온 시들은 세상에 오래도록 남아 있을 것이기 때문이다. 인간의 삶은 원래 그렇게 유한하고 허무한 것이고 마음을 "미혹"하는 일들로 인생을 허비하다가 먼지처럼, 바람처럼 사라지고 만다. 순간이 아닌 영원을 사는 일이 무엇인지 제대로 생각하지 않으면 한순간의 만족을 위해서 살다가 흔적도 없이 사라지게 될 것이다.

시인의 다른 시에서도, "연한 가시오이를, 지금 딸까 나중 딸까 / 상추 씨를 뿌리자 쑥갓 씨를 뿌리자 / 내가 바라보는 사람의 논쟁은 부질없음이고 / 부질 있음으로 투쟁하는 사람들 가엾다"(「목격자」)에서 화자는 사람들의 의견이 분분한 일들이 별로 중요하지 않은 일이라는 것을 알고 있다. 세상 사람들은 이런 일들에 감정이 격해져서 쓸데없는 논쟁을 하며 살아간다. 인간의 일생 중에서 이런 일들이 수시로 일어나고 감정을 소모하는 데 많은 시간을 허비한다면 삶을 살아가는 진정한 의미를 모르게 될 것이다.

허무한 날들이 이어지는 것은 개인의 책임이고 누군가에게 책임을 돌릴 수도 없는 것이 인생이다. 세상의 온갖 유죄의 날들 속에서도 내 삶의 의미를 반추하고 속세의 쾌락과 욕망보다 자신의 내실을 다지는 것만이 생을 의미 있게 살아가는 유일한 방법이다. 이 시의 화자 역시 자신의 시를 지키고 아이들을 올곧게 성장시키는 데 힘을 쏟으며 자신만의 봄을 위해 "뷰파인더"를 여는 것이 허무한 날들을 이길 수 있는 비법임을 잘 알고 있다.

2. 자본주의 언덕을 숨차게 오르다

어둑어둑 그믐밤 같은 집에서 나와

시큰시큰 골목을 지나

시장 한복판에 오니 둥근 보름달 새벽부터 내려와 있다

저리도 숨찬 보름달은 처음 보았다

대목 한가운데 서있는 보름달
설설 김 오르는 송편을 쪄놓고
지나가는 사람마다 달맛 보란다
갈치를 들고 소리치는 청년 비린내도 달큰하다
은빛 장검같이 번쩍이는 제주 갈치
꼬리 세우고 바다로 가겠다
어제 시금치가 오늘 다르고 어제 오이가 오늘 다른
달맞이 언덕 숨차고

아파트 정문 앞 안내방송
아직 지하철 노선이 확정되지 않았으니 더 큰 목소리를 내자한다
공약을 지키라는 촛불 숨차고
해외로 놀러가는 공황은 발 디딜 곳이 없고
오늘도 내가 가던 문구점 하나는 문을 닫아걸었고
미루나무 한복집 주인은 빚에 몰려 야반도주를 했고

나는 고사리 한 줌 더 주는 할머니 찾아 골목 끝까지 내려가는 길
더도 말고 덜도 말고 한가위만 같아라는 말
숨차다
전쟁 같은 달맞이 길
신생의 누가 도래해도

숨찬 달맞이 전쟁 오래 끝나지 않을,

—「전쟁같은 달」 전문

자본주의 사회에서 살아간다는 것은 경쟁을 기본으로 하고 있기에 냉혹하고 서슬이 퍼런 느낌이 들 때가 있다. 문명이 발달하고 시대가 좋아졌다고 해도 소시민들이 느끼는 삶의 무게는 결코 가볍지 않은 게 현실이다. 이러한 것들을 예민하게 느끼고 있는 화자는 지금의 현실을 "전쟁같"다고 표현한다. 칼로, 총으로 싸워야만 전쟁이 아니라 일상을 살아가는 일이 전쟁이라는 의미이다. 각박한 현실을 살아가는 사람들은 조금의 여유도 느낄 수가 없고 민족의 명절인 한가위가 다가와도 상황이 별로 나아지지 않는다는 것에서 삶의 비애를 느끼게 한다. 시적 화자는 자신이 느끼는 서늘함을 "보름달"에 감정이입하는데 시장의 떠들썩한 분위기와 달리 그 주변의 가게들은 "문을 닫아 걸"거나 주인이 "야반도주"를 하는 등 위기를 건너가고 있다. 그리고 어려운 사람들만 존폐의 위기를 겪는 것이 아니라 어느 정도 산다고 하는 아파트 입주민들까지 심상치 않는 분위기를 연출하고 있다. 그것은 "지하철노선" 확정 문제로 특정 지역에 지하철이 들어서면 주변 아파트 가격이 오르는데 아파트 입주민들이 재촉의 의미에서 한 목소리를 내자고 하는 것은 집단 이기주의가 발현되는 현장의 모습이다. 자본주의 사회는 이러한 집단 이기주의에 의해 상황이 악화되고 공존의 삶이 위협받

는다. 자신만 살면 그만이고 나라 경제야 어떻게 되든 말든 "해외로 놀러가는" 인파가 계속 늘어나는 행태는 명절에 오히려 더 극성이다. 이러한 "전쟁 같은" 삶 속에서 보름달도 숨이 차고 달맞이 언덕도 숨이 차서 풍성한 추석의 의미나 여유 같은 것은 전혀 느낄 수가 없다.

세상이 각박해지는 반면에 그것에 대한 위로라도 되려는 듯 나라의 복지 혜택은 점점 좋아지고 있는데 그중 하나가 "무임승차권"이다. 화자는 빨간 경로우대권을 발급받아서 기분 좋게 온양온천까지 간다. "가는 길만 세 시간 / 패스카드 한 번 넣고 / 약물 찍어 바르고 돌아온 날 / 약물 과다 복용인지 온몸에 열나고 / 뼛속까지 쑤셔대는 지금 우대권 남용 후 병원비가 더 비싸다"(「무임승차권」)에서 보듯이 화자가 주변의 시설 좋은 찜질방을 놔두고 멀리 온양온천까지 가려고 마음먹었던 것은 무임승차권을 발급받았기 때문이다. 공짜는 눈 씻고도 찾아볼 수 없는 세상에서 공짜로 혜택을 누릴 수 있다는데 이를 마다할 사람이 있을까. 그러나 무리해서 다녀온 여행으로 뼈가 욱신거리는 부작용이 발생하고 만다.

자본주의는 인간세상을 풍요롭게 하기보다 수많은 병폐와 집단 이기주의를 양산하였다. 그렇다고 자유 민주주의 시장체제를 무시하고 살 수도 없는 시대이다 보니 어떻게 인간성을 지키면서 온전하게 살아갈지가 관건이다. 개인의 인권을 침해하고 경쟁에서 도태된 사람은 살아남지 못하는 자본주의 속성은 냉혹하다. 그렇더라도 비도덕적인 방법으로 경쟁을 유도하거나 자신들의 실리만 챙기려는 집단 이기주의를 간과해서도 안 된다. 화자는 그런 인간 세태를 고발하고 양심에 거리낌 없이 더불어 사는 삶이 진정 인간다운 삶임을 말하고 있다.

3. 전통과 현대의 선별적 수용

세상은 21세기
제사에 대한 찬반이 분분하다

시식의 감량 없는 산 사람 파티라고
조상 없는 자손 있나 공경을 다 하라고
폐사하면 조상님이 노하셔서 벌주실까 겁난다고
제수상은 없어도 추모 기도 올리며
온전히 잊는 건 아니라고
먼저 가신 분 기일에 뒤에 가신 분 함께 모시는 합사도 있다 하나
앞에 어른 챙기고 뒤에 계신 어른께 송구해서 못 한다고

일문권속 다 모인 어느 날
고양이 목에 방울을 누가 달 것인가

장자가 말하자니 분명히 아버님 어머님 아니 오신 흔적 맞는데
거룩한 위계의 서열
책임 회피 될까봐 머리만 꺼내놓고 꼬리는 말고 있고
차자가 말하자니 번거로운 속내 보여 불벼락 떨어질까 입 다무는 제삿날
꽃분분 화분분 막걸리만 돈다
아시라
피 한 방울 섞이지 않고도
십수 년 세월을
하늘이 내려준다는 맏며느리 벼슬로
제례 마무리에 각성받이 대표로
어르신께 읍하던 허리
이제는 측은하게 봐주십사 조아릴 터

홍동백서 조율시이 어동육서
십 년 넘게 잘 먹었다며 머리를 쓸거나 군말 말아라 호통을 치시거나
조상님도 이래라 저래라 말 못 하시겠는지
손주가 깎아놓은 알밤 한 톨 안 드시고
반쯤 열린 문으로 두 분 손잡고
소지 올린 연기처럼 나가신다

—「제삿날, 오실까 안 오실까」 전문

전통적으로 제사는 암묵적인 강제성이 있었지만 요즘에는 강제성보다 상황에 맞춰 자유롭게 선택하는 분위기이다. 간혹 제사상을 차리지 않고 종교에 의탁하는 경우도 있어서 예전보다 심적 부담이 많이 줄었다. 이는 현대의 삶이 워낙 복잡하고 경제적인 이유로 맞벌이를 하는 가정들이 많아져서 제때에 제사를 지낼 수 없는 경우가 생기기 때문이다. 이를 보더라도 하나의 제도와 관습은 시대에 따라 변모를 하고 때로 존폐의 위기에 놓이기도 한다. 이러한 변화가 있기까지 구세대와 신세대의 갈등이 꾸준히 있어 왔고 세상에 절대적인 것은 존재하지 않는다는 것을 보여주는 좋은 예이다.

이 시에서도 제사를 지내는 가족들 간의 입장과 견해가 달라서 결론이 쉽게 나지 않고 있다. 아들 입장에선 "거룩한 위계의 서열"을 무시하고 "책임 회피"를 하는 것이 될까 봐 제사를 그만 지내겠다는 말을 선뜻 하기가 어렵고, 맏며느리 입장에선 십여 년간 제사상을 차리는 일이 힘들었으니 "이제는 측은하게 봐주십사" 이해를 구하는 분위기이다. 그렇다면 돌아가신 조상들은 어떤 생각을 하고 있고 어떤 반응을 보일까. 이 시에서는 제사를 그만둬라 혹은 계속해라 말을 못하고 "손주가 깎아놓은 알밤 한 톨 안 드시고" 슬그머니 나가시는 모습에서 시대의 변화 앞에 위축될 수밖에 없는 전통의례의 현실을 보는 듯하다.

과거의 위엄으로 존재했던 제도와 규범들이 서서히 변모해야 하는 경우가 있지만 때로는 예전의 교훈이나 경험담이 오늘날의 상황에 어느 정도 들어맞는 경우도 있다. 이러한 상황을 화자는 (「원 투 스피크 해브 예스」)에서 "일리 있다"라고 해석하고 있다. 시의 내용을 살펴보면 어느 날 화자가 "무릎"이 아파서 병원에 가려는데 누군가로부터 "남이 쓰던 물건을 가져오"면 좋지 않다고, 그것이 "목매 죽은 나무일 수 있다"는 '낭설'을 듣게 된다. 이유인즉 버려진 나무에 버린 사람의 "애착"이 남아 그 영혼이 "따라와 해코지한다"는 것이다. 그래서 "부딪치고 피 보"지 않으려면 "헌 물건 들어올 때 그 물건 바닥에" "먹물 진한 붓으로 임금 왕 자"를 새기면 "비방"이 된다는 옛 어른들의 말씀을 들려준다. 이는 "헌 물건도 왕처럼 올려보란 말"로 옛사람들의 말이라고 흘려들을 게 아니라 한번쯤 그 의미를 되새겨볼 만한 것이라는 의미이다.

4. 사랑의 이름으로 여며지다

대책 없이 속이 터지는 건 순전히 껍질을 만든 손 탓이지 만두 탓인가
어디 만두뿐인가 옹졸한 속알 보이지 않고 꾹꾹 잘 눌러져 단단하게 여며지고 싶지

60여 년 잘 다독이며 살다 가신

울 엄니 아버지 사랑법처럼 말이지

하기사 울 아버지 외동손에 아들 다섯 딸 셋 키우시는 엄마가 고맙고 생감스러워 무얼 마다하셨을까 사랑은 이런 거다 보여주며 사신 아버지 사랑법 바라보며 내 사랑도 그리 살뜰히 살겠다 맘먹고 맘먹었지

간갈치 한 꾸러미 사들고 너울너울 흰 두루막 물결처럼 펄럭이며 다죽강 건너는 길

자갈도 뜨거운 땅에서 뽑은 피리꽃

쪼대흙 한 줌으로 뭉쳐 들고 오셔서 엄마에게 드리던 너털웃음

단 한 번도 속 터지지 않는 그런 사랑

그리 보고 배웠는데 쌈닭 나는 닭이 되고 말았다

할퀴어야 살고 쪼아야 먹고 살지만

새도 아닌 시원찮은 날개로

닭 벼슬도 벼슬이라고 부리 위에 생뚱맞아

차라리 붉디붉은 맨드라미나 되지

불안정한 발걸음 뒤뚱이는 폼새라니

쌈도 쌈 같지 않아 용맹도 없고

앞도 뒤도 없이 뒤숭숭 질정 없어

지상가상 분별없어

구업만 쌓아가는 쌈닭 그래도 자칭 영웅이다

안 보이면 서로 앞뜰 뒷뜰 들쑤시고

보이면 너 오늘 잘 만났다 전전생부터 웬수인 듯 퍼덕거리는 날개
불붙은 관솔이다

오늘 먹는 만두
먹는 것마다 사정없이 터지고
여전히 나는
만두 탓이 아니다 아니다 말하고,

—「만두를 먹다가」 전문

만두와 사랑의 공통점은 속이 터지지 않도록 잘 감싸주어야 한다는 것이다. 만두피를 얇게 밀어서 만두를 만드는 것은 속의 내용물이 잘 익게 하고 만두피의 탄성으로 내용물을 잘 감쌀 수 있도록 하기 위해서다. 그러나 만두피가 탄성이 없고 두텁다면 만두를 쪘을 때 영락없이 터지고 마는데 사랑도 마찬가지다. 사람이 평생을 살면서 옆에 있는 사람을 사랑하기만 할 수 있을까. 온갖 결점과 단점이 많은 게 사람인데 그것들을 다 이해하고 끌어안아서 예쁘게 싸매는 것이 사랑이다. 상대를 위해 끊임없는 배려로 조금의 틈도 벌어지지 않게 정성을 들여야 하는 것이 진짜 사랑이다. 그러므로 화자의 부모님이 사랑을 "60여 년" 잘 유지하며 살았다는 것은 보통 일이 아니다. 부모님의 그런 사랑을 보고 자란 화자는 자신도 "살뜰히" 살기를 바랐지만 그것이 현실

적으로 쉬운 게 아니었다. "속 터지지 않는 그런 사랑"을 꿈꾸었지만 화자는 "쌈닭"이 되고 말았다. 할퀴고 쪼고 속 터지는 사랑으로 "구업만 쌓아가는" 그런 사이가 되었다. 여기에서 나이 든 사람들의 사랑법과 젊은 사람들의 사랑법이 다름을 알 수가 있다. 나이 든 사람들은 물질이 아닌 마음으로 "땅에서 뽑은 피리꽃"과 "너털웃음"으로 상대에게 먼저 사랑을 고백했지만 젊은 사람들은 그런 정성과 순수함을 깜빡 잊은 채 "사랑의 척도 따라 반격하고 추종하"(「stay with me」)는 것을 먼저 생각했다. 그리고 "전전생부터 웬수인 듯 퍼덕거리는" 일이 주가 되고 서로를 애틋하게 여기는 것을 건성으로 한 것이 실수이고 한계이다.

또 다른 시 「천리포 만리포 가는 길」에서도 진정한 사랑의 의미에 대한 사유가 펼쳐지는데 "젊음은 비상이고 / 늙음은 하향인가 / 물에 불은 손같이 주름 굵은 손으로 / 무슨 일을 못 하는가 안 하는가 / 밤낮으로 철썩이며 다가서는 / 파도여 묻이여 날 어쩌란 말인가 / (…중략…) / 늙는다는 것 / 사랑이 깊어 더 많이 아파가는 것이다"에서 젊음보다 늙음이 더 큰 비상일 수 있다는 생각이 든다. 주름이 굵은 손으로도 많은 일을 할 수가 있고 어찌 보면 사랑이 깊어지려면 경험과 인생이 녹아든 시간(늙음)이 수반되어야 한다는 것, 화자는 그런 깨달음에 이르고 있다.

일상을 살다보면 사랑으로 접근해야 가능한 일들이 있다. 사람들의 무관심, 좁혀지지 않는 마음의 거리, 첨예한 대립과 의견차 등 모든 것들이 타자들에 대한 이해와 사랑이 있을 때에만 가능해진다. 나 자신이 아닌 타자를 이해할 수 있게 되기까지는 많은 시간이 필요하고 그것들에 앞서 생명과 존재에 대한 경외가 있을 때 모든 것들은 경계를 무너뜨리고 서로 화합할 수가 있다.

5. 새로운 희망으로서의 사람

"니 닮은 딸 하나 낳아야 에미 속을 알지"

얼마나 간절했던지
살아생전에 이룩하지 못하자 하늘에 오르셨어도 그 축원 놓지 않아
아들만 낳은 딸에게 결국 조손을 통하여 그 분신을 얻게 하시었다
(…중략…)

경인년 구월
백호 배고파 먹이 찾아 나가는 시간
피도 뜨거운 아이가 태어났다
(…중략…)
이 아이 한 번에 다섯 개씩 시를 만든다

보는 것마다 시가 되어
깜짝깜짝 놀랜다

인간을 인간으로 바라보는,
더러움과 얼룩을 외면하지 않는,
노인의 굽은 등을 통증의 내 등으로 바라보는,
크레용 같은 노랑 참외를 자르지 않고 주고 싶은,
(…중략…)
강생아 우리 강생아
나 닮아도 좋은 거다
할미만 따라가자
이만하면 고마운 거다
우리도 축원하러 가자
세상의 곡비 되자

—「어머니의 축원은 영험 있었다」 부분

세상의 희망은 자연이나 초월적 존재가 아닌 사람에게서 나온다고 할 수 있다. 사람이 올바르게 생각하고 올바로 서야 세상 만물이 순리대로 돌아갈 수가 있다. 한 사람의 지도자가 부패한 마음을 먹는다면 그 나라의 미래는 암울하고 발전이 유예될 수밖에 없다. 그만큼 사람이 중요하고 사람을 키우는 일과 사람을 섬기는 일이 중요한 것이다. 시적 화자의 어머니도 본인의 재주를 물려받은 딸이 예쁘고, 기특하고, 화자 역시 자신을 닮은 손녀를 보면서 어머니와 같은 감동을 느꼈을 것이다. "인간을 인간으로 바라보는, / 더러움과 얼룩을 외면하지 않는, / 노인의 굽은 등을 통증의 내 등으로 바라보는" 이 손녀의 시선은 바로 시인의 눈으로서 시인으로 타고난 품성이다. 화자는 "세상의 곡비" 역할을 할 시인의 운명을 가진 손녀가 그 누구보다 소중하다. 먹고 살기 힘든 시대에 문학을 한다는 것 자체가 평범한 기운을 가진 사람은 범접할 수 없는 영역이다. 이렇게 귀한 존재의 성장은 앞서 그 길을 걸어간 화자가 아주 잘 이끌어줄 것이다. 인재를 키우는 일, 사람을 키우는 일이 무엇보다 중요하다는 것을 잘 알고 있기에.

사람이 희망인 것을 노래한 다른 시 「봄밭 가는 길 우리는」에서도 "사람아 / 지금 우리는 초록 / 부질없이 일어나는 탐욕들 동토에 묻고 / 날마다 새봄 같은 땅 / 거침없이 돋아오르는 돌나물같이 / 거름 짙은 흙에 / 까맣게 잘 영근 커뮤니티 종자를 뿌리자"고 제안하고 있다. 세상의 어떤 것보다 커뮤니티, 즉 공동체의 기반이 될 사람 "종자"를 뿌리는 일이 봄의 수확을 위한 가장 중요한 일임을 말하고 있다.

이번에 손한옥 시인의 시집 『그렇다고 어머니를 소파에 앉혀 놓을 수는 없잖아요』에서 가장 중요한 성취는 자신만의 시적 개성을 다지고 있다는 것이다. 조금 늦은 나이에 등단해서 젊은 시인들의 감각과 언어를 따라하는 시인들이 좀 많은가. 자신의 나이에 맞게, 자신의 경험에 맞게 진실로 자신이 깨달은 만큼 시의 길을 열어가는 것. 그것이 가장 손한옥 시인다운 성취임을 시인 자신은 잘 알고 있다. 자신이 살아온 시간만큼 삶의 지혜가 쌓이고 그것이 시인의 길을 비추는 등대가 되어 앞으로의 시업에 더 깊은 깨달음과 성찰을 이루도록 도와줄 것이다. 손한옥 시인이 자신과 가까운 존재들에 대한 사랑, 타자와 사물, 공동체에 갖게 된 관심들이 앞으로 얼마나 깊이 있게 진행되고 시의 밀도를 높여갈지 기대가 된다.

그렇다고 어머니를 소파에
앉혀 놓을 수는 없잖아요

1판 1쇄 인쇄 2018년 11월 20일
1판 1쇄 발행 2018년 11월 30일

지은이 손한옥
발행인 윤미소
발행처 (주)달아실출판사

책임편집 박제영
디자인 박상순
마케팅 배상휘

주소 강원도 춘천시 춘천로 17번길 37, 1층
전화 033-241-7661
팩스 033-241-7662
이메일 dalasilmoongo@naver.com
출판등록 2016년 12월 30일 제494호

ISBN 979-11-88710-24-9 03810

• 이 도서의 국립중앙도서관 출판예정도서목록(CIP)은 서지정보유통지원시스템 홈페이지(http://seoji.nl.go.kr)와 국가자료공동목록시스템(http://www.nl.go.kr/kolisnet)에서 이용하실 수 있습니다.(CIP제어번호: CIP2018035971)
• 잘못된 책은 구입한 곳에서 바꿔드립니다.
• 책값은 뒤표지에 표시되어 있습니다.